설레는 건
많을수록
좋아

YEARLY PLAN

JAN	
FEB	
MAR	
APR	
MAY	
JUN	

설레는 건 많을수록 좋아

JUL	
AUG	
SEP	
OCT	
NOV	
DEC	

WEEKLY PLAN	SUN	MON	TUE

1 2 3 4 5 6 7 8 9 10 11 12

WED	THU	FRI	SAT

WEEKLY PLAN	SUN	MON	TUE

WED	THU	FRI	SAT

WEEKLY PLAN	SUN	MON	TUE

1 2 3 4 5 6 7 8 9 10 11 12

WED	THU	FRI	SAT

WEEKLY PLAN	SUN	MON	TUE

1 2 3 4 5 6 7 8 9 10 11 12

WED	THU	FRI	SAT

WEEKLY PLAN	SUN	MON	TUE

WED	THU	FRI	SAT

WEEKLY PLAN	SUN	MON	TUE

1 2 3 4 5 6 7 8 9 10 11 12

WED	THU	FRI	SAT

WEEKLY PLAN	SUN	MON	TUE

1 2 3 4 5 6 7 8 9 10 11 12

WED	THU	FRI	SAT

WEEKLY PLAN	SUN	MON	TUE

1 2 3 4 5 6 7 8 9 10 11 12

WED	THU	FRI	SAT

WEEKLY PLAN	SUN	MON	TUE

1 2 3 4 5 6 7 8 9 10 11 12

WED	THU	FRI	SAT

WEEKLY PLAN	SUN	MON	TUE

1 2 3 4 5 6 7 8 9 10 11 12

WED	THU	FRI	SAT

WEEKLY PLAN	SUN	MON	TUE

WED	THU	FRI	SAT

WEEKLY PLAN	SUN	MON	TUE

1 2 3 4 5 6 7 8 9 10 11 12

WED	THU	FRI	SAT

WEEKLY PLAN	SUN	MON	TUE

WED	THU	FRI	SAT

1 2 3 4 5 6 7 8 9 10 11 12

CHECK LIST	/ MON
/ TUE	/ WED
/ THU	/ FRI
/ SAT	/ SUN

1 2 3 4 5 6 7 8 9 10 11 12

CHECK LIST	/ MON
/ TUE	/ WED
/ THU	/ FRI
/ SAT	/ SUN

1 2 3 4 5 6 7 8 9 10 11 12

CHECK LIST

/ MON

/ TUE

/ WED

/ THU

/ FRI

/ SAT

/ SUN

1 2 3 4 5 6 7 8 9 10 11 12

CHECK LIST

/ MON

/ TUE

/ WED

/ THU

/ FRI

/ SAT

/ SUN

CHECK LIST	/ MON
/ TUE	/ WED
/ THU	/ FRI
/ SAT	/ SUN

1 2 3 4 5 6 7 8 9 10 11 12

CHECK LIST

/ MON

/ TUE

/ WED

/ THU

/ FRI

/ SAT

/ SUN

1 2 3 4 5 6 7 8 9 10 11 12

CHECK LIST	/ MON
/ TUE	/ WED
/ THU	/ FRI
/ SAT	/ SUN

CHECK LIST

/ MON

/ TUE

/ WED

/ THU

/ FRI

/ SAT

/ SUN

1 2 3 4 5 6 7 8 9 10 11 12

CHECK LIST	/ MON
/ TUE	/ WED
/ THU	/ FRI
/ SAT	/ SUN

CHECK LIST	/ MON
/ TUE	/ WED
/ THU	/ FRI
/ SAT	/ SUN

CHECK LIST	/ MON
/ TUE	/ WED
/ THU	/ FRI
/ SAT	/ SUN

1 2 3 4 5 6 7 8 9 10 11 12

CHECK LIST	/ MON
/ TUE	/ WED
/ THU	/ FRI
/ SAT	/ SUN

1 2 3 4 5 6 7 8 9 10 11 12

CHECK LIST	/ MON
/ TUE	/ WED
/ THU	/ FRI
/ SAT	/ SUN

1 2 3 4 5 6 7 8 9 10 11 12

CHECK LIST	/ MON
/ TUE	/ WED
/ THU	/ FRI
/ SAT	/ SUN

1 2 3 4 5 6 7 8 9 10 11 12

CHECK LIST	/ MON
/ TUE	/ WED
/ THU	/ FRI
/ SAT	/ SUN

1 2 3 4 5 6 7 8 9 10 11 12

CHECK LIST	/ MON
/ TUE	/ WED
/ THU	/ FRI
/ SAT	/ SUN

1 2 3 4 5 6 7 8 9 10 11 12

CHECK LIST   / MON

/ TUE   / WED

/ THU   / FRI

/ SAT   / SUN

1 2 3 4 5 6 7 8 9 10 11 12

CHECK LIST	/ MON
/ TUE	/ WED
/ THU	/ FRI
/ SAT	/ SUN

1 2 3 4 5 6 7 8 9 10 11 12

CHECK LIST

/ MON

/ TUE

/ WED

/ THU

/ FRI

/ SAT

/ SUN

1 2 3 4 5 6 7 8 9 10 11 12

CHECK LIST   / MON

/ TUE   / WED

/ THU   / FRI

/ SAT   / SUN

CHECK LIST	/ MON
/ TUE	/ WED
/ THU	/ FRI
/ SAT	/ SUN

1 2 3 4 5 6 7 8 9 10 11 12

CHECK LIST	/ MON
/ TUE	/ WED
/ THU	/ FRI
/ SAT	/ SUN

1 2 3 4 5 6 7 8 9 10 11 12

CHECK LIST	/ MON
/ TUE	/ WED
/ THU	/ FRI
/ SAT	/ SUN

1 2 3 4 5 6 7 8 9 10 11 12

CHECK LIST	/ MON
/ TUE	/ WED
/ THU	/ FRI
/ SAT	/ SUN

1 2 3 4 5 6 7 8 9 10 11 12

CHECK LIST	/ MON
/ TUE	/ WED
/ THU	/ FRI
/ SAT	/ SUN

1 2 3 4 5 6 7 8 9 10 11 12

CHECK LIST

/ MON

/ TUE

/ WED

/ THU

/ FRI

/ SAT

/ SUN

1 2 3 4 5 6 7 8 9 10 11 12

CHECK LIST	/ MON
/ TUE	/ WED
/ THU	/ FRI
/ SAT	/ SUN

CHECK LIST	/ MON
/ TUE	/ WED
/ THU	/ FRI
/ SAT	/ SUN

1 2 3 4 5 6 7 8 9 10 11 12

CHECK LIST	/ MON
/ TUE	/ WED
/ THU	/ FRI
/ SAT	/ SUN

1 2 3 4 5 6 7 8 9 10 11 12

CHECK LIST	/ MON
/ TUE	/ WED
/ THU	/ FRI
/ SAT	/ SUN

1 2 3 4 5 6 7 8 9 10 11 12

CHECK LIST	/ MON
/ TUE	/ WED
/ THU	/ FRI
/ SAT	/ SUN

CHECK LIST

/ MON

/ TUE

/ WED

/ THU

/ FRI

/ SAT

/ SUN

CHECK LIST	/ MON
/ TUE	/ WED
/ THU	/ FRI
/ SAT	/ SUN

1 2 3 4 5 6 7 8 9 10 11 12

CHECK LIST

/ MON

/ TUE

/ WED

/ THU

/ FRI

/ SAT

/ SUN

1 2 3 4 5 6 7 8 9 10 11 12

CHECK LIST	/ MON
/ TUE	/ WED
/ THU	/ FRI
/ SAT	/ SUN

1 2 3 4 5 6 7 8 9 10 11 12

CHECK LIST	/ MON
/ TUE	/ WED
/ THU	/ FRI
/ SAT	/ SUN

CHECK LIST	/ MON
/ TUE	/ WED
/ THU	/ FRI
/ SAT	/ SUN

1 2 3 4 5 6 7 8 9 10 11 12

CHECK LIST	/ MON
/ TUE	/ WED
/ THU	/ FRI
/ SAT	/ SUN

1 2 3 4 5 6 7 8 9 10 11 12

CHECK LIST	/ MON
/ TUE	/ WED
/ THU	/ FRI
/ SAT	/ SUN

1 2 3 4 5 6 7 8 9 10 11 12

CHECK LIST	/ MON
/ TUE	/ WED
/ THU	/ FRI
/ SAT	/ SUN

1 2 3 4 5 6 7 8 9 10 11 12

CHECK LIST

/ MON

/ TUE

/ WED

/ THU

/ FRI

/ SAT

/ SUN

1 2 3 4 5 6 7 8 9 10 11 12

CHECK LIST

/ MON

/ TUE

/ WED

/ THU

/ FRI

/ SAT

/ SUN

1 2 3 4 5 6 7 8 9 10 11 12

CHECK LIST	/ MON
/ TUE	/ WED
/ THU	/ FRI
/ SAT	/ SUN

1 2 3 4 5 6 7 8 9 10 11 12

CHECK LIST	/ MON
/ TUE	/ WED
/ THU	/ FRI
/ SAT	/ SUN

CHECK LIST	/ MON
/ TUE	/ WED
/ THU	/ FRI
/ SAT	/ SUN

1 2 3 4 5 6 7 8 9 10 11 12

CHECK LIST	/ MON
/ TUE	/ WED
/ THU	/ FRI
/ SAT	/ SUN

1 2 3 4 5 6 7 8 9 10 11 12

CHECK LIST	/ MON
/ TUE	/ WED
/ THU	/ FRI
/ SAT	/ SUN

CHECK LIST	/ MON
/ TUE	/ WED
/ THU	/ FRI
/ SAT	/ SUN

1 2 3 4 5 6 7 8 9 10 11 12

CHECK LIST	/ MON
/ TUE	/ WED
/ THU	/ FRI
/ SAT	/ SUN

1 2 3 4 5 6 7 8 9 10 11 12

CHECK LIST	/ MON
/ TUE	/ WED
/ THU	/ FRI
/ SAT	/ SUN

CHECK LIST	/ MON
/ TUE	/ WED
/ THU	/ FRI
/ SAT	/ SUN

1 2 3 4 5 6 7 8 9 10 11 12

CHECK LIST	/ MON
/ TUE	/ WED
/ THU	/ FRI
/ SAT	/ SUN

1 2 3 4 5 6 7 8 9 10 11 12

CHECK LIST	/ MON
/ TUE	/ WED
/ THU	/ FRI
/ SAT	/ SUN

CHECK LIST	/ MON
/ TUE	/ WED
/ THU	/ FRI
/ SAT	/ SUN

설레는 건 많을수록 좋아

설레는 건 많을수록 좋아

설레는 건 많을수록 좋아

NOTEBOOK PAGE

설레는 건 많을수록 좋아

설레는 건 많을수록 좋아

설레는 건 많을수록 좋아

설레는 건 많을수록 좋아

설레는 건 많을수록 좋아

설레는 건 많을수록 좋아

설레는 건 많을수록 좋아

설레는 건 많을수록 좋아

설레는 건 많을수록 좋아

설레는 건 많을수록 좋아

설레는 건 많을수록 좋아

설레는 건 많을수록 좋아

설레는 건 많을수록 좋아

설레는 건 많을수록 좋아

TRAVEL SCHEDULE

DATE

DESTINATION

TRAVEL ROUTE

TIME	SCHEDULE	EXPENSES

TOTAL COST

TRAVEL SCHEDULE

DATE   DESTINATION

TRAVEL ROUTE

TIME	SCHEDULE	EXPENSES

TOTAL COST

TRAVEL SCHEDULE

DATE   DESTINATION

TRAVEL ROUTE

TIME	SCHEDULE	EXPENSES

TOTAL COST

TRAVEL SCHEDULE

DATE   DESTINATION

TRAVEL ROUTE

TIME	SCHEDULE	EXPENSES

TOTAL COST

TRAVEL SCHEDULE

DATE	DESTINATION

TRAVEL ROUTE

TIME	SCHEDULE	EXPENSES

TOTAL COST

TRAVEL SCHEDULE

DATE   DESTINATION

TRAVEL ROUTE

TIME	SCHEDULE	EXPENSES

TOTAL COST

TRAVEL SCHEDULE

DATE   DESTINATION

TRAVEL ROUTE

TIME	SCHEDULE	EXPENSES

TOTAL COST

TRAVEL SCHEDULE

DATE   DESTINATION

TRAVEL ROUTE

TIME	SCHEDULE	EXPENSES

TOTAL COST

TRAVEL SCHEDULE

DATE | DESTINATION

TRAVEL ROUTE

TIME	SCHEDULE	EXPENSES

TOTAL COST

TRAVEL SCHEDULE

DATE	DESTINATION

TRAVEL ROUTE

TIME	SCHEDULE	EXPENSES

TOTAL COST

TRAVEL SCHEDULE

DATE   DESTINATION

TRAVEL ROUTE

TIME	SCHEDULE	EXPENSES

TOTAL COST

TRAVEL SCHEDULE

DATE	DESTINATION

TRAVEL ROUTE

TIME	SCHEDULE	EXPENSES

TOTAL COST

TRAVEL SCHEDULE

DATE   DESTINATION

TRAVEL ROUTE

TIME	SCHEDULE	EXPENSES

TOTAL COST

TRAVEL SCHEDULE

DATE   DESTINATION

TRAVEL ROUTE

TIME	SCHEDULE	EXPENSES

TOTAL COST

TRAVEL SCHEDULE

DATE   DESTINATION

TRAVEL ROUTE

TIME	SCHEDULE	EXPENSES

TOTAL COST

TRAVEL SCHEDULE

DATE   DESTINATION

TRAVEL ROUTE

TIME	SCHEDULE	EXPENSES

TOTAL COST